子夜独白

ZIYE DUBAI

李晓元 ◎ 著

流水又如何
水动心亦动
流水又如何
水动心不动
那是一江善解风情的流水
流过青青的江畔
那是一江不解风情的流水
不肯为谁停留

涟漪花开注定你的沉静
涟漪涌动注定你的灵动
今日的笑靥为谁叠梦
今日的心潮为谁汹涌
流水天然是流水
而你天然不是你
爱你必须爱流水
爱流水必须爱你

——李晓元《流水》

知识产权出版社
全国百佳图书出版单位

图书在版编目（CIP）数据

子夜独白 / 李晓元著 . — 北京: 知识产权出版社，2018.1

ISBN 978-7-5130-5331-0

Ⅰ . ①子… Ⅱ . ①李… Ⅲ . ①诗集—中国—当代 Ⅳ . ① I227

中国版本图书馆 CIP 数据核字（2017）第 306538 号

责任编辑: 荆成恭	责任校对: 谷　洋
封面设计: 刘　伟	责任出版: 孙婷婷

子夜独白

李晓元　著

出版发行: 知识产权出版社 有限责任公司	网　　址: http://www.ipph.cn
社　　址: 北京市海淀区气象路 50 号院	邮　　编: 100081
责编电话: 010 - 82000860 转 8341	责编邮箱: jcggxj 219@ 163.com
发行电话: 010 - 82000860 转 8101/8102	发行传真: 010 - 82000893/82005070/82000270
印　　刷: 北京九州迅驰传媒文化有限公司	经　　销: 各大网上书店、新华书店及相关专业书店
开　　本: 880mm × 1230mm　1/32	印　　张: 7
版　　次: 2018 年 1 月第 1 版	印　　次: 2018 年 1 月第 1 次印刷
字　　数: 180 千字	定　　价: 49.00 元

ISBN 978-7-5130-5331-0

过诗一样的生活

做子·夜派

——献给新时代

关于《子夜独白》的序说

　　本诗集收入作者 1980 年至今创作的 118 首作品，内含两首长诗《子夜独白》《门》，并以曾在网络诗坛产生轰动效应的长诗《子夜独白》命名。

　　本诗集的作品大多在子夜写成，所以起名叫《子夜独白》，特别是本诗集中的单个长诗作品"子夜独白"的精神即本诗集的主要精神，故用这首诗的名字命名本诗集。

　　破坏与建设是《子夜独白》的双重精神或意义所在。"子夜独白"是一种生存状态，亦是一种文化生态。它主要消解或祛除五个中心，即权力中心、资本中心、物质中心、道德中心、神灵中心，视这五个中心为现代性的暗影、魅影；它主要开启、建设和追寻五种精神，即人民主体精神、生命流变精神、自由超越精神、情爱唯美精神、心灵创意精神，视这五种精神为现代性的光芒和灵魂，并视人民主体精神为这五种精神的核心。

　　流水是哲学本体概念和诗歌诗文化的本体意象，是最富诗歌本意的意象。《子夜独白》以水特别是流水为主要意象，以"流动的现代性"为主要背景和前景，又以"流动的现代性"为意义消解和建构的主要指向，开启与建构人们的诗性存在。

　　"流水又如何"，"爱你必须爱流水"，"爱流水必须爱你"……从第一辑"爱你必须爱流水"到第二辑"牧女渐渐地远去",到第三辑"旅行让自己成为风景",再到第四辑"我们的云水谣",都是面对流水,面对流动的现代性时的诗性存在选择和意义追寻。每一辑都有历时性和共时性,都是一个生命绵延过程和存在总体,诗集总体亦呈现历时过程的递进性和共时的总体性。

面对"流动的现代性",流动的生活、爱情、学习和工作,是流水又奈我何还是我又能如何?适应、淡定、沉沦、超越,沉入背景或走进前景,都是我们自己的选择,我们必须做出自己的选择。诗就是对诗性存在的去蔽、建构与追寻。

诗是黑暗子夜中的呐喊、沉吟、光芒与乐声,是沉睡子夜里孤独的表白或告白。"过诗一样的生活",这诗一样的生活在子夜之内,又在子夜之外……在现代性的前景中,又在新时代的美好生活里。

李晓元

2017 年 10 月 18 日于白鹭园

目录

子
夜
独
白

第一辑

爱你必须爱流水

流　水

流水又如何

水动心亦动

流水又如何

水动心不动

那是一江善解风情的流水

流过青青的江畔

那是一江不解风情的流水

不肯为谁停留

涟漪花开注定你的沉静

漩涡涌动注定你的灵动

今日的笑靥为谁叠梦

今日的心潮为谁汹涌

流水天然不是你

而你天然是流水

爱你必须爱流水

爱流水必须爱你

永远的你

春天的原野上
我们一起追蝴蝶蜜蜂
后来有一天
我看见你绯红的笑容
升起一道美丽的彩虹
不知你的心为谁而动
斗转星移，是谁的脸永远年轻
那一道彩虹，映红我心灵的天空

秋天的溪水边
我们一起听流水淙淙
后来有一天
我看见你含泪的眼睛
坠落一颗闪闪的星星
不知你的心为谁而痛
日月流转，是谁的眼睛永远晶莹
那一颗星星，在我的生命里闪动

爱的告别

我是个乡村的孩子
我在低矮的草屋里出生
小时候没有玩过商店里的玩具
只会用美丽的泥巴
建造世上没有的珍奇

我是个乡村的孩子
现在还没有长大
即使岁月的皮鞭
用二十个春秋的风雨拷打我
我也要说我还是个孩子

我还是个孩子
我要穿着妈妈做的肥大的衣裤
一个人，到遥远的树林
去捉会唱歌的小鸟
去挖水灵灵的苦菜和婆婆丁

然而，我必须向你告别

告诉你我要走了，不要送我
不要，我的路夜晚没有一盏灯
也许还会有雨
而我是习惯了不带伞的

好了，没有别的话了
想去哪里你就走吧
如果海浪又被礁石撞碎
那就开一朵勇敢的花吧
开一朵勇敢的花吧

请不要再这样提醒我
在你前面的山路上有一条
细长的蛇，在石头上晒太阳
还有带刺的山枣树
会划破你的衣裳

子夜独白

你是我的第一场雪

你是我冬天的第一场雪
用娇嫩的生命编织爱的初约
玉兰花悄悄在夜色中绽放
白丁香轻轻从银河上洒落

太薄，太脆弱
怎能长久地、长久地占领世界
脚踩破，伤痕默默
车碾碎，泪血斑驳

既然情缘在寒风里缔结
只求绽放一次银色的花朵
不奢望金色的结果
——必将潜入金色的结果

那一场大雪全部落在我身上

那一场大雪全部落在我身上
冻裂的脸颊不会流血
结冰的泪水没有感觉
你的冷漠比冰雪冷
你的伤害比伤口痛

"第一个伤害你的人
必是改变你生命的人"
能伤害我的只有你
你的洁白祛除我的龌龊
你的沉静击碎我的轻狂

那一场雪已羽化成莲
那一个人已破茧成蝶
想起你，我还是猝然颤栗
——那冷冷的眼神
那紧闭的嘴唇

"当你不再受到爱的伤害

也就失去了最初的爱"

那一场大雪全部来自你身上

注定你是我的一场大雪

将我深深地埋葬

我来自深深的忘川

告诉你，我来自深深的忘川
有一个爱情的荒原
它就在那里奔流
七夕是谁的相逢，仲秋是谁的团聚
谁是谁的毒，谁是谁的蜜
遗忘的水洗净了我美丽和痛苦的记忆

我望着，你站在高高的山冈
随栀子花一起开放
你走在低低的田埂
与稻穗儿一起忧伤
那一朵微笑，那一行清泪
你是不是我最初的恋人

我望着，月亮在东海隐没
太阳从西山升起
我望着，我来自深深的忘川
痛饮过忘情之水
只想忘记你
只有你不能忘记

不必太在意你的对与错

总是梦一样开始生命的求索
看不清星和月
当你明白了一个梦
这个梦已经谢落

总是不太明白就走进爱的季节
错把春光当秋色
当你明白了一个季节
这个季节已经错过

明白的脚步
总是追不上生命的翅膀
不必太在意你的对与错
最重要的是生命的蓬勃

飘雨的花季

你伴我的那段路
正是飘雨的花季
我举起你手中的雨伞
却不知你的心正下着一场雨
你告诉我许多花朵的名字
却不知你的花正刻进我的记忆

花季没有秘密就失去神奇
雨期不留余韵就难再追忆
花和雨，即使不能四季相随
只要能有一个春天的相依
我伴你走过花期
你陪我走过雨季

美丽的花不用结果

草地升腾绿色的焰火
悄悄点燃你我的相约
摘一束春花献给你
你轻轻地吻过、揉碎、又洒落
看你的脸，红云千叠
默默地，我是那折断的花朵

在你唇边，我愿绽放一次再零落
在你手里，我愿爱过一次再寂寞
第一次也是最后一次
美丽的花，不用结果

雄　鸟

雄鸟诱拐雌鸟的把戏
先伸着脖子唱歌
抒情、婉约、低沉、高亢
然后，领她参观自己的别墅
其实，就是一堆乱草

不过，你得承认
雄鸟的歌喉确实婉转
羽毛确实绚丽
整个树林为他所照耀

她拍打拍打翅膀
还能说什么
除了爱、飞翔和歌唱
她还能需要什么

雄鸟啊，这丛林里最后的光芒
和乐声

槐花仙子

五月的雨水混合着香水
漫过城市的大街
槐花，北方的花仙子
住在尘世的树上

你的花长在高高的树梢
等待那个攀缘的少年
我知道，你在树枝上埋下尖刺
不是拒绝，只想刺痛我

挽住你的手臂
走过红绿掩映的长街
我生于五月，爱于五月
注定与槐花同行

通知天上的神灵
告诉尘世的母亲
我不要丁香、玉兰、玫瑰
我要娶槐花为妻

自行车上的快乐

我的自行车带着你
穿过城市新建的大街
黑亮的路面滚过汽车的轮子
蓝色的天涯飘着洁白的云朵

你倚着我的后背
牵住我的衣带
你说喜欢贴近我的体温
听爱情的心跳

我带你去的地方是春天的河畔
那里的草木茂密而清新
鸟儿呼叫着我们的名字
流水歌唱自然的爱情

爱情线

大雨落满七月的窗口
我的手心渗出水滴
你用一根手指
划开我左手的掌纹
"你的爱情线有点儿乱
中间有一个岔道"
一个诡秘的笑，一道彩虹
掠过你晴朗的脸颊

花前月下，整个夏天
我们形影不离
告别的秋天，我才明白
我们走过的路
就是你划出的那条岔道

你篡改了一首古代诗歌

绿荫荡漾夏夜的湖波
晚风吹拂裙裳的云雪
灯火中陪你星河唱晚
林园里伴你月池采荷
听你说，跟你走
我的脚步踏上浪漫的拍节

夜雨随风飘落
躲在树伞下看你的星光月色
你捧着手，接飘落的雨滴
站成一朵晶莹的水荷。忽然你说
好雨知时节，当下（夏）乃发生
——你篡改了一首古代诗歌

春水总是静静地流泻
夏雨滴落滔滔的浪波

所有春天的雨滴都可悄悄地潜入夏夜
所有春天的故事都可改编成夏日的传说
也许，我永远参不透你的季节
只要能留在这诗雨纷纷的夏夜

枫林行

走进秋日的枫林
就走进波光闪烁的星河
远离街市的笑容贴近心灵
避开人群的话语流进血液
在这片沉静的河林里
我们一步一步羽化成蝶

岁月的霜雨打湿生命的原野
谁的心永葆枫林的焰火
这次相约没有经过花期
也就不必走进金果
爱从枫林开始，情随枫林延续
我们一生采撷燃烧的红叶

青苹果

告别的夏天，青涩的苹果还没有成熟
你坐在我的旁边，我不想剥苹果
不想剥去它稚嫩的果皮
看见伤痛的水分

火车喘息着，倚着站台
绿色的车厢是一个个青涩的苹果
你说听见火车叫你的名字
你说它带你去寻找金色的秋天

而我，只是把苹果放在清水里
洗去它身上的风尘
然后，用洁净的毛巾
擦去果皮上渗出的眼泪

你哭着问，告别后还能不能相见
我说会的。可我不知道秋天的过路人
会不会把一只鲜红的苹果
放进果盘，然后慢慢地嚼碎

红草莓

雨停了，窗外的红草莓还在滴水
你枕着我的手臂慢慢地睡去
彩虹伏在你脸上，爱情的春天
草莓不用把自己藏在果皮的里面

走进你的春天
花已经悄悄地开过
望着窗外，你说春天的红草莓只要春天
你说它不喜欢秋天的金黄色

是的，草莓的爱情永远是春天
在春天复活，在春天融化
而你醒来之后，用唇膏慢慢地涂红嘴唇
看你的荷叶裙，恰好是草莓穿着的绿叶

空中花园

遇见你，我再也飞不动翅膀
你的蛛网一丝一丝
那么柔软，那么细腻

我望着，你这个野蛮的小兽
嘴唇涂着蝴蝶的血迹
我看见，你这个文静的仙子
伏在闺阁的角落
等待飞来的虫子

空中的陷阱是美丽的花园
蝴蝶不会跌落秋天的泥水

我已感觉到，你嘴上的针管
纤细地注入，毒汁一滴一滴
进入我的身体

我灵魂和肉体的蛋白质
即将为你所吸食

给你蛋白质，给你蛋白质
一天一口，请让我慢慢地享受

玉兰道

三月的玉兰道溢满青春
流动芳香的肢体
玉兰花开，白衣素面的女子
美得让人惊诧
朴素得让人心痛
除了花朵只有花朵

生命无论怎样艰辛
花总会如期而来
爱总会如期而至
最美丽的季节总是最寂寞的时刻
那个如期而至的人
使你更加寂寞

纯净的爱升起洁白的世界
简单的美打开辽阔的天空
你轻轻摇动着花枝
给我看心灵的蕊
玉兰花开在高高的树上
我行于低低的路上

桃花情人

三月，大地回春

你住在低低的山谷

爱情的石头沉默无语

"走吧，我领你去看桃花"

桃花开在山坡上

像雪一样白，像血一样红

在一个感动的时刻

你说不想折一枝桃花给我

你说不忍心看见她的伤痛

桃花生来就属于山谷

她的美一年一度

你命犯桃花

就这样望着她静静地开放

桃花开满三月

诗歌写满三月

桃花世界

你是真正懂得桃花的人

你是桃花唯一的情人

桃花真正属于民间

你背负爱的使命来到山谷
桃花初开就懂得爱情的注视
你的美丽惊世骇俗
你的身世你已经忘记
红土使桃花更加红粉
石头使桃花更加挺立

金命、水命、土命
没有人知道你的桃花命
没有人明白你为什么
把红土和石头当作丰厚的聘礼
从肢体到灵魂，桃花真正属于民间
绝世的美不可复制

从灰暗季节到红粉世界
你引领三月的颜色革命
拼命挥霍青春的嫁妆
从不吝惜自己的美丽

只是偶尔数凋谢的花瓣和眼泪
你是桃花，出嫁是你美丽的宿命

桃花的秘密是嫁娘的秘密
除了寂静的山谷和低低的庭院
娶你的人一无所有
娶你的人终生爱你并使你受孕
桃花有度，桃花无度
你的诞生一年一度

四月的爱

穿越四月的荒丘
亲近一片麦地
绿意涌现，山谷
从寂静抵达寂静
低温的天气
一些麦子刚刚抽穗
一些麦子依旧青涩
对于思想者
麦地的意义远大于麦子的意义

伫立路边或徘徊路上
思想与麦地一起涌动
他突然想起多年来的穿越
"穿越就是现实版的创作"
现实哲学、现实诗歌
他突然发现现实创作
已深入自己的骨髓
从故乡到异乡
从生活世界到工作世界

他停下来，倚着一棵青杨树

凝望着荒地上的爱人

采撷金黄的油菜花

女人拥有爱人已足够幸福

而男人却不能

他必须拥有一个世界

并不停地思想

山枣树成就于乱石之上

野鸟在山枣树上激情歌唱

爱人，举起油菜花向他奔跑

红裙黑衫，她说花束

与自己的一身很配

嚷着把春大带回家

是的，他的衣袋也暗藏一颗麦穗

一个微不足道的世界

一些微粒、碎片和光芒

一只大鸟从麦地惊起

红冠一闪，又沉落麦地

莲非莲

你一次一次走失
又一次一次重现
花在水边，今生的水命
注定你成为水的弃儿

表面看你完美无缺
洗过的花身纯净如玉
花瓣上的露水
一行清白的思念

透过层层叠叠的叶子
看见被掩饰的失足
你的双脚深陷一摊污泥
还有莲子，这自酿的苦果

"只为传说中绝命的诱惑
沦落为红尘中不贞的花朵"
躺在秋风的床上
花瓣散落一地

"来生再也不要一滴水"
你发誓，你还能说什么呢
被清水遗弃，被污水涂黑
水做的女子，纷纷被水所伤

拒绝移植
居住在那个县城
势力、欲望、刀子和血
使你一生蒙羞

枯草漫过金色的河畔
抱紧苦命的莲子
抱紧自己的来生
等待一场远处的野火

落雪寻梅

有自己的地方才有风景
有爱的地方才有自己
我从天外来寻你的芳踪
只为那梦中的一缕香魂

雪是梅花天然的情人
梅花是雪命定的红颜
轻抚你打开的青枝
弹奏这世间纯美的琴瑟

百花盛开我只要这一季
百鸟吟唱我只要这一曲
季节的枝头花开花谢
你的香魂永不散落

暗　香

你以梅自居

筑石头的高墙

守贞洁的空房

万丈阳光描你的青眉

亿万雪花绣你的翅翼

梅树可以守得稳自己

却守不住自己的暗香

丘陵的石头暗流涌动

穿雪花鞋，带胭脂红

三两步可进入十三月的入海口

梅花三弄，你一日走失三次

红头涨脸，最后坐在一条旧木船

无论怎样描眉画眼

也掩饰不住丢失的痕迹

十三月的日子无始无终

十三月的海域水火相融

在十三月着色，花朵可以传世

"梅花开过了吗"
他触摸着琴键的波涛
你说腊梅开过了
红梅还没有开完

他喝一口香茶
中国花茶，浸泡在水杯里
慢慢展开自己的花瓣
这时，胭脂流动
你进入一幅彩色画卷
他手捻梅枝，站在梅园
脸上涨满了红

冰雪玫瑰

一

冰天雪地注定了你是冰雪玫瑰

注定了爱情如此盛开

冰雪，冰霜，冰清玉洁

冰镇的花瓣、花蕊和花香

赏你，感觉一夜入冬

所有的爱神都开始重新修炼

而你，除了这冰雪

还能是谁的红颜

二

春天使你枯萎

冬天使你盛开

暖并不都是爱情

冷并不都是无情

那传说中的幽幽一缕香

就是你身上的冷香

那神话般照耀心灵的冷艳

就是你沾满霜雪的花瓣

三
我的第一朵玫瑰就是你
冰雪玫瑰，爱在春天之外
你的无情胜于有情
你的有情胜于无情

百花盛开于春天之内
你盛开于冰雪，在百花之上
永不凋谢，一如我的初恋
永不失恋，一如你的冰冷

雪　恋

你的爱情如此洁白
给我一个纯净的世界
你的风景如此寒冷
给我一颗冷酷的心

或许，你不想让春水融化爱情
或许，你爱得更加恒久
爱上你注定不能靠近你
或许，春水成冰才能拥你入怀

而我已修炼成冰
冰封了爱情的一江春水
我日日捧着冰手接你从天而降
或夜夜敞开冰心接你入梦

雪　舞

没有冰雪，冬天就没有灵魂

——题记

谁的舞姿能如此轻盈
旋转于天空的舞台
谁的舞心能如此空灵
除祛凡尘的欲念

繁花潜入春天的温室
玉鸟回落茂密的林木
一袭银妆为谁洁白
翩翩玉影为谁美丽

洁白是一种孤独
洁白就没有孤独
美丽是一种寂寞
美丽就没有寂寞

雪中的飘舞飘舞成雪

雪中的独舞与雪共舞

这绝尘的舞蹈是雪的唯美

舞者不想为谁美丽

子夜独白

霜降红叶

这是秋天的最后弹奏
还是秋天的最初乐声
我的季节只有春夏
秋天只是一个悟境

这是秋天的最后行云
还是秋天的最初流水
我的季节只有秋天
春夏只是一个情境

这是你袒露的红唇
还是你隐匿的红心
霜露凝成霜花
留下霜降的吻痕

丹枫摇曳，那一场红叶舞
红叶翕动，那一抹霜花白
霜降红叶，浸透生命的原野
你是我一万年的感觉

云水天河

"真是爱疯狂了
进到水里就不想出来"
这河流的美不只是清清流水
还有岸边的杨柳青林
还有那一片洁净的细沙滩
还有那一片洁白的胸怀
躺在沙滩上就是躺在你的胸怀
躺在你的胸怀就是躺在沙滩上
金沙滩，银沙滩，衍衍流水
这寂静的河流就是我最初的爱
最初的爱，爱你
在云水中漂游，在天河边沉静

子夜独白

序曲

七月黄昏，大陆炽热

绿荫覆盖的道湿润

一个好男人约我去公园散步

我们在同一所大学

天之骄子，郎才女貌

我穿的裙衣没有口袋

我把一串钥匙和手帕交给他保管

我们坐在凉亭的椅子上

天越来越暗

我们越来越沉默

他离我越来越近

后来，他右手搂我的腰

左手托我的脸，吻我

我面无表情，冷漠相对

坚持了十分钟

停止之后

我说天快黑了

我们回去吧
上帝啊，我坚持了十分钟
没有出轨
上帝啊，这一次是在公园
公共场所
下一次在别的地方
比如公寓
我不敢保证不会失去理智
我们胳膊贴着胳膊
我不敢保证
这个黄昏不是子夜的序曲

一

老公，我想你
我们五月结婚
六月分居
现在是七月
你在海岛从政经商
我在大陆求学深造
老公，我是你的人
从处女到新娘
从新娘到少妇
你把我变成一个女人

老公，你生在海岛

住在海岛

与你结婚

我成为一个海洋人

海岛属阴，靠近海洋

大陆属阳，靠近太阳

……

老公，我讨厌皇帝戏

那个演员挺着僵硬的脖子

脸盆大的脸露来露去

他就会那一种姿势

我讨厌……

他们剜坟掘墓

给头盖骨抹粉

给脚踝骨涂蜡

就是不创造自己

皇帝戏……

七十二个女人

七十二个别墅

大房，二房……

房子又涨价了

印钞机

潘多拉盒子

上帝啊

是谁打开了欲望的盒子

房子又涨价了

又涨价了……

天城、地城

硫黄大火

索多玛城

《论语》《圣经》

《葵花宝典》

彼得、犹大、撒旦

会飞的蛇

长着美丽的翅膀

唱歌跳舞

上帝啊，你说

蛇和龙谁是谁的祖先

亚当和夏娃

谁先诱惑谁

……

儒商，徽商

儒派，徽派

土豪金，土豪城

徽商会赚钱

会养女人

红顶商人

贞节牌坊

信息桌

男人的发明

女人的暗号

——把信息桌分成两半儿

放在院子里

告诉别的男人

老公出远门了

把信息桌合起来

放在院子里

告诉别的男人

老公回来了

……

二

我们五月成婚

六月分居

现在是七月

……

老公，你的那段视频

一直让我耿耿于怀

你不该背着我

与情人幽会

你们贴的那么近

让我想入非非

老公，我喜欢上一个陆生

他是我的大陆王子

我是他的海洋公主

他高大、英俊

天天来我公寓

陪我吃饭、看书、听音乐

陪我打牌

我们两个人打牌，在床上

我偷牌，我赢，我笑

今天，他刚刚离去

今天，我有些身不由己

现在是子夜时分

起初，我躺在床上

他坐在床头

我看夜深了

就说你上床睡一会儿吧

但不要淘气

他很听话

我说的是他上床很听话

后来就不听话了

……

坦白地说

是我把他引向那里

……

上帝啊，那可是我们的孩子

孕育和诞生的地方啊

……

我意识朦胧

感觉到海洋

一浪一浪

把我推到浪尖上

暖洋洋的阳光

暖洋洋的海水

暖洋洋的大陆和海岛

美死了，美死了

我想

漂下去，漂下去

漂啊漂

永远

不要停止

我说

我愿

我呻吟

后来

我枕着他的肩头

抚摸他的胸部

白色的海平面

微微地起伏

我说我老公知道了这事

会发疯的

他右手抚摸我的头发

左手抚摸我的后背

他说这事不能告诉别人

我说你傻呀你

这时我又有了冲动

……

三

老公，我爱你
请你理解我的孤独
黄昏的孤独
夜晚和公寓的孤独
绿荫的孤独
街市、商品、霓虹灯
使我更加孤独
看见他、想起他
我总是不能自已
七月的天气
热浪翻滚
冲击我的短裙
……

现在是子夜时分
老公，你睡了吗
想我了吗
你的那段视频
现在我不在乎了
吵架的事

我们都忘了吧

老公，现在我只想你

大陆空了

太阳熄灭了

海洋空了

月亮熄灭了

现在我很空虚

充实之后那种空虚

老公，请你理解我的空虚

我的爱

背叛了物质

背叛了精神

背叛了权力意志

背叛了论语圣经

背叛了……

我的爱

除了爱

一无所有

……

黑暗与空虚

公寓，房子，抽屉

打开爱情黑箱

……

老公，我抽屉里的日记

你看过吗

我抽屉里的……

你数过吗

上次你来

……

还有七支

七支空虚

……

房子……房子已不是房子

女人是一所房子

女人是男人的房子

土地，大地，房子

红顶的挖掘机

碾压女人的空房子

……

男人的挖掘机

碾压女人的空房子

上帝啊

我不行了

我受不了了

我要爆炸了

……

注:《子夜独白》的故事情节纯属虚构。该诗歌最初发表于2005年的网络诗歌论坛,收入此诗集时做了一些增删和修改。该诗歌发表后即被当时诸多诗歌论坛和网刊转载,并引发和赢得诸多诗论者的评说,是最具轰动效应的一首网络诗歌,如有诗者说"子夜独白"以后会成为一种文化现象,又有诗者说会出现抢注"子夜独白"域名的现象,还有诗者说"子夜独白"开创了口语诗的范例。

第二辑

牧女渐渐地远去

根

盘住故乡的一小块泥土
将生命延伸成躯干
再将躯干延伸成枝桠、叶片
再倾毕生之功力
将自己延伸成枝桠上的翠鸟
然后，飞走
忍住泪儿流
在一切枯萎之前
决定远走他乡

故　乡

躺在故乡的河畔

这冬天的河

河面封冻

水在冰下静静地奔流

天空辽远

大地空旷

河谷，童年的渡口

寂静

洁净的沙滩

柔软而温热

一只被河水冲回故乡的贝壳

薄如蝉翼

光芒一闪

等待春汛

漂走

贝的异乡

河流的爱侣呵

请不要

不要现在将我拾起

我单薄而脆弱

一触即碎

故乡呵

除了这片河谷

一切都是陌生

一切都已冰冷

乡村黄昏

走过一段废弃的堤坝
杂草漫过双腿
走过一段废弃的河道
玉米高过头顶
这原初的行走还能持续多久
这回归的寂静还能体验多久

这堤坝与河道还能坚守多久
我们失落了乡村
又没有获得城市
无根的漂泊者还有多少存在之乡
城市是我们的异乡
我们是城市的陌生人

夕阳西下，乡村坠落的心
金色的光辉涂抹着田野
涂抹着大地的希望
年复一年地耕种、收获

重复的希望不再是希望
重复的希望依旧是希望

金色的光辉映照苍老的母亲
涂抹她洁白的鬓发
她步履蹒跚在园子里行走
指给我看鲜艳的黄瓜花、芸豆花
说它们就要结果
就像儿时指给我看天上的星光

乡村的河流

城市的街市奔腾着喧嚣
乡村的河流流淌着寂寞
城市的站台人群熙攘
乡村的渡口空空荡荡
是谁站在乡村的河岸
守望这河流的空寂

童年的嬉戏响彻耳畔
少年的行走闪耀眼前
乡亲与车马跃上连环的大木船
穿梭于大河的两岸……
逝去的乡村与逝去的河流
一起在内心奔流

乡村离城市越来越近
青春离乡村越来越远
生锈的铁船搁浅在岸边
杂草丛生，不再期待和摇曳

渡口与河岸一起荒芜
舵手与过客一起消失

年轻人都去了城市
没有青春的河流不再是河流
没有河流的青春不再是青春
甩一枚石子溅起水花
河流的少年还有多少力量
还有多少豪情唤回时光的青春

母　亲

子夜独白

母亲给我最初的原野
也给我最后的大地
————题记

那时，你拉着我的手
走过春天的原野
我们一起挖野菜
婆婆丁、荠荠菜、苦菜
升起春天的喜悦

那时，你拉着我的手
走过秋天的大地
我们一起拾柴、割草
高粱秸、玉米秸、蒿草
堆起高高的柴垛

儿时的大地辽阔而遥远
你的手辽阔而遥远
现在，我是你的远方

却不能拉着你的手
把你带到远方

我知道，母亲
我的远方很近很近
就在你的眼睛里
我的原野很小很小
就在你的心灵中

父亲的墨迹

他佝偻着八十岁的脊背
拄着双拐勉强走一段路
生活全靠母亲侍候
他已无力希望大地
无力啜饮烧酒的河流

"我能握住毛笔了，手不再颤抖"
他每天下午花三小时坐在桌旁
在一个铁盘上练习书法
全神贯注，一言不发
一如种地时与泥土交流

他给我背诵自己写的古诗
说要把它们写在宣纸上
作为他百年之后留给我的遗物
我说古诗已成古董，就像算盘
只是一种兴趣和乐趣

我拿出我最近出版的两本书

一本哲学，一本诗集
他随手翻了几下，丢在桌子上
他看不懂我的哲学
对现代诗毫无感觉

他已听不进别人的话
看不见别人的世界
与其说世界抛弃了他
不如说他抛弃了世界
他只听见他自己，抒写他自己

一个铁制的圆盘
比天地宽广，比海洋深邃
一个铁制的圆盘
行走着、堆砌着他的墨迹
看不见起点和终点
分不出开端和结束

父亲，你走好

你抬起无力的手臂
轻轻揉揉模糊的眼睛
"孩子，这世界突然黑下来
我看不见光"
父亲，我用心才能听见你
看见你希冀的力量
父亲，你不能走
你的孩子就是你的光明
父亲，你不能走
你是孩子们的光明

你落下不听使唤的手臂
慢慢合上疲惫的眼睛
"孩子，我本是天的弃儿
我就要回到天上去"
父亲，我用心才能听见你
看见你回归的慈爱
父亲，你走好
你的孩子就是你的天

父亲，你走好
你是孩子们的天

你隐去了自己的身体
静静地躺在灵柩里
"孩子，不要哭，你看
对着我的天空出现一圈日晕"
父亲，我用心才能听见你
看见你升化的圆满
父亲，你没有走
你的孩子就是你的奇迹
父亲，你没有走
你是孩子们的奇迹

最后的牛气

我老了，嚼过的青草
再也酿不出那些白色的奶
我病了，瘦弱的身躯
再也拉不动那辆破旧的车

是谁手持一把钢刀切割我的头颅
求求你，手不要颤动
求求你，刀尖对准心尖
让我疲惫的生命死得果断

剥去吧，我的皮
是谁用它做进军的鼓
抽去吧，我的筋
是谁用它做竖琴的弦

拿去吧，我的骨骼、我的肌肉
是谁用它做耕耘的身体
还有红色的心、紫色的肝，都拿去吧
只要我的死能唤醒一些人的生

渡　口

七月，河水开始上涨
我来到故乡的渡口
一条陈旧的木船
拴在码头的木桩上
舱底积满雨水
艄公和橹一起消失

波浪拍打着船身
河边积满污黑的泡沫
阳光熏黑的木船
绕着木桩不停地转动

夕阳西下
码头慢慢地下沉
黑骏骏的渡船
一匹身陷泥水的黑马
焦虑地等待远渡的水手
这黑色的骑士

呐　喊

我在黑夜的深渊里呐喊
喊不出声音
我在白天的人群里呐喊
喊不出名字

我听见鸟儿尖利的叫声
听见雷声雨声
海的涛声
沙暴的嘶鸣

我的声音卡在喉咙
血液在心头凝固
"妈妈——妈妈"
这唯一的气流从恶梦里涌出

城市鸟

春天的早晨，城市昏睡着
一群麻雀落在楼前的绿树上
它们使劲儿地鸣叫
想吵醒城市的梦

附近的大烟筒，熄灭了烟火
麻雀的巢筑在它身上的破洞里
由于灰突突的羽毛
麻雀无法成为城市的贵族

而那些贵族鸟——碧玉、画眉、鹦鹉
都住进了楼阁的金丝笼
她们为主人唱歌儿、陪主人玩乐
不再歌唱春天和早晨

麻雀急促地、高声地鸣叫着
不停地在树枝间跳跃
她们试图用自己的快乐
叫醒沉睡的城市

画的故事

老人讲仙子从画上走下来的故事
我想制造一个凡人走进画里的传说
那是一幅印满牡丹的纸画
不知在墙上挂了多少年，画面都黄了
纸上的花，四季不落

我先把肉身炼成七彩的颜料
再用灵魂把它嵌入花蕊和花瓣
对了，花枝上还落着两只凤凰
我扒开绿叶，悄悄爬过去
把我的颜色嵌入它们的羽毛和血液

男孩与女孩的画

两个孩子手持白粉笔
在灰暗的水泥地面上画画

男孩先画完
画的是一个方块形的飞船

女孩画的是扎小辫儿的小人儿
圆圆的脸，嘴角向上翘着

——女孩的天性是画自己
男孩的天性是画天上的事物

——人性与物性
自己和世界

——圆与方、地与天

走与飞、笑与泪……

谁能读懂孩子的画

谁就能破译生命的密码

在城市中心

在城市中心，他腰缠万贯
坐着黑色权力的轿子
可市民一口咬定
说他是个拣破烂儿的

只不过，他用的工具有些特别
手里的那把钩子
是用金子和权力做的。发财
全靠那把闪闪发光的钩子

废钢、废铁，酒瓶子、塑料布
都是他的猎物
也收一些饭碗和银器
踹扁了，拿到废品市场出售

在城市中心，他不停地扒堆儿
房子、地、公路、砖瓦石块……
直到那把神奇的钩子
腐烂成发霉破烂儿

弄黑了一双手
弄脏了一张脸，他不在乎
"你别看他们西装革履
其实就是些破烂换钱的人"

动物市场

雪花闪闪，我拖着冰冷的身体
经过一个动物市场
一只白兔挂在竖起的木杆儿上
有人正在剥它的皮
洁白的兔毛吮吸了多少雪花
雪地上躺着一片鲜红的玫瑰

旁边的铁笼子装着活的白兔
她们拥在一起，看不见恐惧
闪亮的眼睛滚动着泪水
旁边围观的人看他挥动那把小刀
表演剥皮的技术

他卖活的兔子，杀活的兔子
一些人用兔肉炖土豆
一些人用兔皮做围脖
他养活兔子，喂它们一些青草和干草

看那片红屋顶，我突然觉得

这个冬天，所有红色的事物

都是兔子的血染红的

子
夜
独
白

店 主

他会画圆点、斜线
听说过美女蛇的故事
就在店铺的墙壁上
涂满蛇形的女人

他会画圆圈、曲线
知道美人鱼的传说
就在店铺的墙壁上
涂满鱼形的女人

蛇形的女人、鱼形的女人
他一辈子画这两种女人

开　店

他开了个狗肉馆
为了装点门面
在门前挂了一堆羊头
他觉得羊头有名
沾着点洋音
觉得羊头比狗头好看

他也招呼客人
可主要的手脚都用在羊头上
给羊头涂蜡
给羊脸抹粉
用一只羊毛制成的牙刷
给羊头刷牙
据说，羊头们来自呼伦贝尔
口臭，啃过的地皮不长青草

"挂着羊头卖狗肉
卖狗肉挂着羊头
这不伦不类的肉店"

"羊狗人开羊狗店
羊狗店仰仗羊狗人"
怨恨的顾客纷纷离去
几个道兄，道中之人
还摔碎了几颗羊头
狗店关门了

后来，他又开了个羊馆
在门前挂了一堆狗头
他又觉得狗头有名
沾着点洋相
觉得狗头比羊头气派
……

新卜者说

旧卜者卜你额前的刘海
卜你的厄运
新卜者卜你身上的头相
卜你权贵相、富贵命、妻妾成群
新卜者不收钱
新卜者是无名氏，你看不见
新卜者以诗歌的意象为卦象
用哲学的意向解灵签

我把一块银圆抛向空中
如果人头冲下就是吉兆
否则就是凶兆
我反复卜你三次都是人头向下
这意味着你三年内的好运
官运、财运、桃花运
新卜者不怕厄运转到自己头上
"我不下地狱谁下地狱"

新卜者以人为善、仁者爱人
我能卜你的前程
就能算自己的运势
我一出马就越过了十年以内的世界
说十年以后的话
做十年以后的事
讲十年以后的大道理
我回了一下头看见你的凶吉

左手摸右手

我用右手拿筷子

写诗、握手

我用右手拔剑、挥刀、砍柴

左手因为一直闲着

就成为圣手

我只用左手摸右手

摸一次

右手就净化一次

就纯粹一次

如果这么不停地摸下去

我的右手

也会成为圣手

圣手观音

就这么修炼而成

可我不想

两只手都成为圣手

布谷鸟

五月，我听见大地的颂诗
布谷鸟，颂诗的王
我把自己融进自然
听见王的声音

从山坡的丛林里传出
漫过低低的平原
青青的麦地听见了
受伤的河流听见了
寂寞的村庄听见了
布谷的人听见了
我听见了

从远古到现代
这是一首最精美的史诗
只有两个字：布谷
从西方到东方
这是一种最单纯的艺术
只有两个意象：布和谷子

布谷，布谷，
五月的诗会，在旷野上举行
啼血的诗人，请你带上大地的颂诗
百鸟奉你为王

子夜独白

鸡年看蛋

"开蛋啦"
妻子手捧一只晶亮的鸡蛋
兴奋地给我看蛋
她在楼顶养了四只母鸡

我猛然想起对面楼顶的那只公鸡
这两天怎么听不见它叫了
是不是因为打鸣扰民
被宰掉吃肉了

——它那么敬业
每天凌晨按时打鸣
给别人报晓
为人类呼唤黎明

妻子已给她的鸡们一个摆拍
连同她们的蛋一起发到朋友圈
"这蛋，真是个蛋"
"这蛋，是个金蛋"

开蛋就连蛋，鸡年
只许母鸡默默地下蛋
不许公鸡打鸣
——你一公鸡不下蛋还打鸣

下蛋的鸡不打鸣
打鸣是有风险哒
打鸣的鸡不下蛋
不下蛋是有风险哒

鸡年狂欢

公鸡冒着打鸣的风险开始打鸣
母鸡冒着起舞的风险开始起舞
过年就是一次狂欢
所有的风险都不在话下

进入十二生肖
十二年的等待
十二年的修炼、排练
相当于千年美一回

闻鸡起舞，母鸡先舞
在这个缺乏纯舞的舞台
谁还会闻鸡起舞
谁还会与鸡共舞

鸡鸣富贵，鸡先富贵
金鸡独唱、合唱
绝对是一种富贵
胜过所有的富贵

金鸡独立

——听迈克尔的歌《billie jean》

他迈着鸡的舞步
登上太空打鸣
billie jean，billie jean
他唱的是谁
谁在为他狂欢

他抖动着鸡的羽毛
每个毛孔都发出叫声
billie jean，billie jean
听不见英语、汉语
只听见他的鸣叫

一只鸡迈着太空舞步
一只鸡弹奏自己的身体
一只鸡在星光里金鸡独立
一只鸡唱着另一只鸡

billie jean，billie jean

有爱的人就有故乡

乡村已不再是乡村
城市也不再是城市
故乡已不在故乡的地方
故乡那里没有故乡

面对失落的空间
我们寻找心灵的故乡
爱就是故乡
有爱的人就有故乡

女人是男人的故乡
女人和男人互为故乡
父母是孩子的故乡
孩子是父母新生的故乡

云水天城

这是我的天城
这是我的恋歌
悠悠古城绿树盈空
巍巍白塔高耸入云
我家就在白塔下面
那条南北大街的河畔
这城市最开阔的河流
给我生命的滋养
河畔的广佑寺灵光普照
给我神明的庇护
这是我的天城
这是我的风水宝地
广场升起水雾的仙境
涌动着清澈的喷泉
白云千朵，天女散花
跳世俗的歌舞
这是我的云水天城
这是我故乡的恋歌
大街流向火车站的海洋

这四通八达的铁路
四通八达的航道
火车的船舶汽笛声声
呼叫着驶向远方
将我一次次带到异乡
将我一次次带回故乡
这是我的云水天城
这是我心灵的恋歌

父　亲

说到父亲

我就想起火车

许许多多的休息日

他拉着儿时的我

去火车站看火车

我喜欢这些庞然大物

爱听它们的叫声

一个生锈的火车头

被遗弃在废弃的铁轨上

那时我并不在意它的存在

许多许多年后

每当我想起父亲

和火车

就想起那个火车头

它被遗弃的样子

越来越清晰

车头和车厢为什么要分开

我和父亲为什么要分开

是谁那么有力

取代了父亲的位置

拉着车厢不停地奔波

我拉着我的孩子

呼啸着

又一次穿越大地

牧女渐渐地远去

骑着四月的山丘

牧女的鞭哨清脆而响亮

城市的牛，乡村的羊

啃着地皮上的青草

大地年复一年地分娩五谷

大海年复一年地涌动朝夕

季节年复一年地闪耀春光

逝去的故乡，方向越来越模糊

山丘绵延成丘陵

牧女渐渐地远去

牧女必须远去

驱赶着饥饿的牛羊

胯下的山羊毛发青青

低哞着诗歌

经文

门——以上帝之名

门，通往一切的入口处
　　　　——题记

消费社会，上帝的小宇宙沉寂
丧失了创造的智慧
他天天坐在天堂门口凝望
悲悯无门的乞丐，忧虑穷人
或在臆想中把火车掰成两半儿
搓成麦粒洒向农田……
除此之外，他还能做什么
创世纪早已面目全非
第一个针孔做小了
没有穿过骆驼
后面的针孔使用同样的模具
都没有穿过骆驼

——他放飞的诺亚方舟
载着种子、工具、牲畜和门

载着工作创世的良方

一直没有音信

"可能是被海盗劫持了"

他自言自语，脸上掠过不祥之兆

诺亚的权力早已被撒旦篡夺

撒旦，这条会飞的毒蛇

潜伏于上帝灭世的洪水

而此时，撒旦正与海盗们讨价还价

"给你们一百个门的赎金

给我开五百个门的发票……"

——上帝播撒的硫黄大火

灭了蛾摩拉城和它的四个府门

索多玛城依旧人丁旺盛、门牌林立

海天盛筵，灯红酒绿

天上人间，纸醉金迷

为了拉高门市的价格

索多玛城实行市场化婚姻

市场化生育

阎王、土地神、灶王神

鬼神、蛇神、马神、钢铁神

他们都门庭若市、刚需旺盛

娶三百佳丽，拥三百豪门

突然，一声巨响

门框裂开，天堂的门散落

险些砸中上帝的脚

落地的刹那间

又震落房顶的两块瓦片

险些砸中上帝的头

上帝闪身，躲过一劫

却砸中他身边的两个专家

他们正在预言青蛙起跳的方向

抗议美洲狮强暴亚洲花猫

上帝震怒："门房刚修过两天

是哪路神仙背叛了天门……"

上帝开始招标重修

彼得投标说：三万修好

材料费一万，人工费一万

自己赚一万

犹大投标说：这个要九万

三万给你，三万归我

剩下三万给彼得干

上帝拍案：彼得中标

犹大惊愕，请教上帝

上帝训斥：过去的经验不可重复

现在开始新的创世纪
上帝的宇宙门开始重启

上帝猛醒：索多玛城的淫乱
一定是西门富商与东门县令合谋
他们带头冲撞罗得的家门
凌虐平民的女儿和巡查的天使
硫黄大火可以毁灭魔鬼的肉身
却无法根除腐恶的灵魂
欲望的盒子打开了
要把它重新装进盒子里
要继续焚烧索多玛人的资源享乐型城市
建造诺亚的工作创造型城市
要让针孔能穿过骆驼和火车
针孔，出入天堂的门……

注：该诗歌创作于 2014 年。

第三辑

旅行让自己成为风景

风　景

站在山下看风景
风景在山顶
站在山顶看风景
风景在山下

风景是一种距离
既不能太远也不能太近
恰好是一山之地

风景是一种行走
既不是起点也不是终点
恰好是一山之路

风景是一种心灵
既不在山下也不在山上
恰好是一山之情

旅　行

旅行的风险
是把自己淹没在历史和风景中
旅行的机遇
是让自己成为历史和风景

远　行

乘着火车的箭矢
从故乡射向远方
雨水拍打着车厢
车轮溅起滚滚的涛声

热爱家园的人
不停地在旅途飞翔
喜欢安静的人
一直漂流在喧嚣的海上

辞行的潮水　挥别的泪水
心啊——
已经归于平静的钢铁
归于钢铁的箭矢

我的乡情

人的一生就是在乡中穿越
从故乡到异乡
从异乡到故乡
从异乡到新的异乡
穿越就是我的乡
我的乡情

凡是我灵魂飞过的土地和天空
都是我的故乡
凡是我生命栖居和筑造的寓所
都是我的故乡
凡是我的故乡
都是我的异乡

如果我不飞翔筑造
大地与天空，陆地与海洋
哪里是故乡
哪里是异乡

故乡与异乡都是我的乡

我的乡情

我们去异乡不是缘于诱惑

而是生命的承担

存在的召唤

我们回故乡

不是回归旧梦

而是带着新的梦想

西　藏

天堂的最后一道门，打开
你倚在紫红色的门槛上
看太阳的红绣球
从东方滚来
牦牛和绵羊低哞着饥饿
青青的草地，高原稚嫩的皮肤
挂满莹莹泪水

今夜，高原的少女
触摸着星星的瓦砾，情人的灰烬
腰间的剑鞘上，龙焗黄了头发
爱情的短剑锈迹斑斑

布达拉宫
众神最后的圣殿
依旧灯火辉煌
灵光普照

纳木错

我必须选择孤独
拒绝所有的召见
拒绝所有的盛宴
七千年如一日
一日如七千年
蔚蓝与纯净
七千年的光芒
位居自然与神性之上
我潜伏高原的深处
我的处女体
我的孤独状态
是高原的潜伏结构

"圣女纳木错"
你所看见的纳木错
距拉萨二百公里的纳木错
不过是纳木错的影子
七千年的孤独
没有人看见我的存在

如果你想听我

就请听高原的云水

我活在云水的乐声里

如果你想读我

就请读圣洁的雪山

我存在于雪山的诗歌

戈壁箫声

执箫为剑

穿越最后的戈壁

你倚着荒城的断墙

等待一匹梦的白马

已感觉到乐声的流韵

我们是来自前世的浪子

背叛了皇帝

幽幽水泊埋葬了京城的繁华

你是我今生的红颜

与我浪迹街市

爱的行途

让剑鞘空空

看我箫声的锋刃

依旧清水悠悠

依旧血迹斑斑

陆上丝路

我说不清，这条千年的古道
铺的是黄沙还是丝绸
我分不出，路旁耸立的
是沙丘还是城堡

河流的女子住进我的身体
青青的柳丝织成头上的鬓发
流水流水，流沙流沙
一起鸣叫，穿过我的血脉

我骑着红色的马匹
走在红色的丝绸上
我骑着黄色的骆驼
走在黄色的沙漠里

壶口倾爱

黄河、黄土、黄昏
三黄叠起壶口
黄天在上，黄天在下
黄天在我们的身心

白色水雾照耀昏暗的河滩
河床辽阔，从高处流向低处
这是河流的爱情
瀑布永恒地倾泻
抵达爱情的终极
看壶口翕动
痛并且快乐

雨水漫过黄昏
漫过黄河黄土
壶口狭窄
山路狭窄
高原的旅人漂在壶口
河道湿润而狭窄

壶口，出入高原的门
我们都是泥水混成
在这里诞生，洗礼
我们血肉鲜美
血肉模糊
呼唤于爱情的高原

我们是高原的亲骨肉

我们在高原上放牧
让牛羊长大
换回洞房和花烛
生娃放牧，放牧生娃
从高原出发又抵达高原

铜腐烂，水腐烂，木腐烂
金木水火腐烂成土
"我们一生吃黄土
黄土只吃我们一次"
父亲的土覆盖祖父
儿子的土覆盖父亲
男人和女人的土互相覆盖

天堂荒凉
天堂就在山梁之上
天堂崩塌
众神退居窑洞
窑洞深入黄土的深处

高原架起天梯

挺起古猿的身躯

把我们一次次举过头顶

又一次次放回肩头

我们肢体纯粹，灵魂纯粹

是高原的亲骨肉

背井离乡

抵达四月的丘陵
我看到了远方
远方就在丘陵的山丘上
山丘荒芜，草木稀疏

蝴蝶微小，蒲公英微小
微小的美丽穿越千年
微小的泪水水滴石穿
这化石为土、化石为水的爱啊

我坐在山顶的石头上
石头荒芜，毛发初生
荒芜催生爱情，背井离乡
是我永远的痛和永远的爱

我坐在凤阳的山坡上

凤阳是块风水宝地

王气深厚，龙脉伸展

鼓楼挂满皇帝的画像

皇陵安睡皇帝的双亲

龙兴寺延续千年的香火

人神并列，佛光普照

我坐在凤阳的山坡上

面朝山谷

三年如一日

一日如三年

我抚摸着敲打着诗歌的石头

中都颓败

我用诗歌的石料

再建都城的王室和圣殿

我快乐着异乡人的快乐

痛苦着异乡人的痛苦

五月，草木繁华

蒲公英的野花娇小而胆怯

她寂静的美丽、秘密的爱情
只有诗歌才能抵达
鸟儿呼叫着划过天空
她自由的艺术、醉心的口感
只有诗歌才能拥有
我依山而居
与龙兴寺为邻
日日看见朝拜的人群
日日听见诵经的梵音
我的属相是虎
乳名有个山字
我必将遇山而起、遇龙而兴
天下第一山，皇帝的命名
我必将把它敲打成诗歌

新安江是个幽居的女人

冬至新安江

江水和江岸都温暖如春

游人奚落

我的身心温暖如春

草木依依，水波轻扬

桥下洗衣的女人依旧古朴

青砖青瓦，依山傍水

徽式建筑依旧清新

新安江是一个幽居的女人

奔流于男人之外

徽州的美出自徽州女人

徽州女人的美出自新安江水

我站在桥头凭栏审视

或者登上夜船沿江巡查

鼓乐笙箫，灯花四溅

徽州女人

新安江的乐曲与韵律

飘在水上

商贾不可变卖

权贵无法移植

如今，她愿委身诗人

必将被诗歌带走

去江南

淮河水域的诗女

行于水上

淮河水域的歌女

手持胡琴

吟唱江南雨

江南雨细细

江南雨柔柔

我的江南与众不同

芜湖新城、徽州古镇

你所看见的江南

不过是太阳照在我的江南上

投下的影子

我的江南是一首歌

在江南雨的歌声里

循着江南雨的音韵

去江南

乘着胡琴的乐声

去江南

唯美的江南

孤独而不可抗拒

唯美的歌女

孤独而不可抗拒

今夜，皖北大地

淮河水域

空旷而沉寂

听众云集

恰好是我歌唱的机会

恰好是我抵达的时刻

栀子花

六月初临，栀子的气息

沐过淮北凤城

远离大都市的繁华

你爱上小城的偏僻

四百六十种植物的偏僻

多少年，就是这一种偏僻

筑成一朵朵乳白的栀子花

面对你的静美

一切繁华都是浮华

一切喧嚣都是喧闹

六月必将终结

一棵青栀必将告别

你说自己是淮北栀子

别人却说你是江南栀子

其实栀子的告别

就是从一棵栀子走向另一棵栀子

江南灵秀与淮北纯美

江南情愫与淮北情结

都集于栀子的花身

集于你的内心

我的花船行于水上

我的花船行于水上
中国的五行水
希腊的四根水
还有《圣经》的圣水
"水是最好的"
泰利斯，泰利斯
我的第一个客人
漂在最初的水中

秦淮人家
灯花四溅
淮上三花
美艳绝伦
十娘的花船鼓乐笙箫
十娘的花船万人注目
十娘的花船沉沉欲落
从普通民女到水上花妓
一切都是水的恩赐
一切都是水的照耀

创世的人也是灭世的人
创世的水也是灭世的水
我的花船行于水上
缓缓地驶过洪荒
我最后的两个客人
一个是上帝，一个是诺亚
秦淮花雨
我手抚诗琴看见新大陆
一只树鹊飞离地面
落在高大的香樟树上

论道龙虎山

听说张天师张道陵神通广大
就住在龙虎山的道观
道教圣地，天下第一道观
太极八卦图镶嵌于庭院中央
站在大理石地面阴阳鱼上
女人属阴，男人属阳
道教讲究阴阳八卦
讲究跨门槛
先迈左腿后迈右腿
不走回头路

听道士讲道说法
讲道法自然，孝敬父母
讲道家保健康平安
不保升官发财
他有意点化我
说我有道缘，有君子相

有一些小波折，但都能过去
以后运势很旺
最后让我请三炷高香
收张天师做保镖

那个收受钱财的道士
有些不懂道法
起初我给他一百元
他嫌少，说道家讲究三、六、九
我说没听懂什么意思
他说最少要三百
我说道法自然，道生一
一生二、二生三、三生万物
我说一比三多、比六大、比九富贵
一即三、六、九……

无量天尊，龙虎山
我的属相是虎，又逢虎年
神龙神虎，人龙人虎，青龙白虎
虎虎相聚，冲气生和
出鹰潭市区的公路上

一辆疾驰的轿车

斜刺里冲向旅行车

司机反应敏捷

一打方向盘躲过一次碰撞

这是张天师的法力起了作用

三清山原是我们自己

我一来，山就耸立起来
我的乳名叫山
排行第三，喜欢清静
三清山原是我自己
我的爱人名字叫岩
是三清山的仙水岩，岩
山与石结下不解之缘
三清山原是我们自己

烟雨蒙蒙，云雾深锁
仙水淋漓的人形鸟
身穿塑料布雨衣
后背隆起背包
静静地行走或大声呼唤
沿石阶轻轻地跳舞
石海滔滔，看不见女神峰
女神峰是一块飞鸟岩

拜山即是拜道

拜道即是拜山

三清山，道教的圣地

韩国，日本

大陆，台湾

所有爱道之人都慕名而来

拜过三清山

生命的山就有了仙山、名山

内心的道必成正果

我摊开右手掌

第三道掌纹，山路绵延

这山峰把我们悬置高空

我们化影为石，化石为影

互相凝视，心一热

杜鹃花潜入初临的二月

红姑树结出红姑蕾

遗落青青的山坡

穿越五台山

登上翠绿的山顶，云雾升腾
那不是妖雾而是仙境
五台之上寺院林立
香火旺盛，香烟缭绕
信众排成长队上香祈福
我是不烧香火的香客
我是不拜佛像的信者
我讲究佛在心中
佛除了善，四大皆空

雨打香炉
我拒绝一把撑起的雨伞
"庙门前的雨水都是圣水"
我站在寺院的雨中
参悟屋脊上雕塑的金翅雀
"金翅雀可以吃龙"
我看他并不是见龙就吃
只是让龙来烧香敬佛
是用佛法威慑龙庭

"你的眼睛可以看穿一切
你的内心可以掌控一切"
"你走到哪里都会给人带来福气"
我想起金山镇金山寺那座小庙
那里的高僧是个佛家和隐士
他看我的面相说我的运势
我说我乃一凡夫俗子
无缘在深山修炼
只能修为于尘世

雨还在下，沿石阶而上
路旁的道士走近我，请我留步
"施主，我跟你说两句话"
我继续沿石阶而上
"施主，我跟你说两句好话"
他紧跟几步，我继续沿石阶而上
拜过五台山，穿越五台之巅
生命的山就有了大山、名山
内心的佛必成真佛

祈福云冈石窟

石窟凿进山崖
石像刻入石壁
或雕于石窟的中央
佛门洞开，万众祈福
前世五百年的修为
换得一次云冈的相遇、相约
人与人擦肩而过
人与佛擦肩而过

佛像万千，有佛缘的人
能看见群佛起舞、歌唱
能体验众佛的寂静
旅行是一次生命的穿越
穿越是一次心灵的参悟
存在的穿越者不问佛的身世
不辨佛的外相
只求佛的本心

佛像下，善男信女双臂侧伸
摊开双手优美地托福
佛微笑不语
佛的深邃就是能看穿世界
佛的慈悲就是让众生慈悲
佛的福音就是让众生造福
人在做，佛在看
人在做，佛也在做

云冈，云中或云上的山冈
高于尘世的庙堂
山川与草木都是佛的心境
众生膜拜
在云冈石窟结下佛缘
就会与佛同在，与自然同在
佛与自然都是心灵的归依
也归依我们的心灵

爱临天门山

独坐山间的平台
不肯入天门
天门空空
我爱这山间的自然
今日的富贵都是石头
今日的名门都是石门

独对天门山
山石是我命定的恋人
独听天门泉
山泉是我命定的情歌
独看天门界，张家界
升起天城的云烟

采撷一枚树叶
独铸天门剑
挥动一片树叶
独创天门舞

今日的锋利是石头的磨砺
今日的技艺是石头的凝练

天梯，九百九十九道台阶
——用心灵走过
九百九十九路剑术
——用心灵演绎
九百九十九种爱情
——隐含于我的内心

长泰漂流

凤凰木盛开凤凰花

漂在六月的雨中

翠绿与鲜红

青山起伏而淡定

漂在六月的雨中

漳州长泰，马洋溪

今日的漂流

从高处漂向低处

失落的瞬间

自然与人造的险滩

都是惊喜的一跃

缓流激荡着清幽的诗韵

皮划艇上有执箫的仙子

陌生的美总是不期而遇

陌生的爱总是突然降临

漂过马洋溪

逍遥的思绪与溪流一起远去
无声的歌吟与溪流一起远去
只遗落碰撞的凝视
在险滩的石头上微笑
那些流水的刻痕
只深入陌生的心灵

同行云洞岩

穿越山间的云洞
你是我的行云
我是你的流水
迷花倚石，与你同行
才有云洞的流韵
才有仙岩的诗音

登上巨石的山顶
体验站在高处的孤独
东南花都，群儒会聚
三月的盛宴荒芜
峰岩之上，云水律动
你和我一起呈现

天空空旷，你飘扬的发丝
掠过我隐隐的微笑
大地沉寂，九龙江与漳州城
构成存在的背景

峰岩之上，有你才有山顶的风景
有你才有山峰的高度

云洞岩，沉静的石头
一切都是云水的灵动
一切都是云水的独行
他说：千百年来
我是我自己的存在者
我是我自己的思想者

漳州火山岛火山岩

靠近你

穿黑色裙衣的女人

今日的火山岛

是一片黑色的美丽

今日的火山口

流溢的是海水

海滩上，草地边

穿黑色裙衣的女人

弹奏黑色的琴

闽南语，闽南歌

今日的闽南风光

是一片黑色的流韵

这被太阳晒过的黑

被海水洗过的黑

被亿万年的火焰焚烧过的黑

你通体的沉静

一颗烧焦的心

海浪迎面扑来

我捧起一颗起伏的石头
呼唤着你的名字
"石以曲为美"
你是一颗火山岩
为爱等候了亿万年
我以内心的波浪迎娶你

"那一刻，你欣喜若狂"
穿黑色裙衣的女人
坐在黑色的山坡上
轻轻地吟唱，重复地吟唱
绽放一朵白珊瑚
一首沉寂已久的歌谣
飘过内心的闽南
那一刻，我们都欣喜若狂
沉迷于彼此的存在
那一刻以及在那之前和在那之后
我们都是亿万年的爱人

东山岛之恋

大海唱着云水的恋歌
弹奏两岸和一的琴弦
东山岛沐浴在烟雨中
相聚的美景隐匿心灵
你说洁净的沙滩
我说内心的碧海蓝天
湿漉漉的岩洞，岩石
留下大海千年的吻痕
今日的风动石一直未动
今日的风动石一直在动
心随雨动，雨随海动
海随我动，我随你动
爱的坚守是一块风动石
在动与不动中走过永恒

乌山恋

走进乌山是一个错误
是谁让我犯下这美丽的错误
进入乌山的体内
穿越一道道亿万年的石缝
草木激荡青青的发丝
爱情写满永恒的石头

今日的情歌都是传奇
今日的喊叫都是情歌
今日的解放都是纯解放
今日的自由都是纯自由
我一来，乌山就耸立起来
我一走，乌山就消退下去

新郑问鼎

轩辕黄帝
右手持剑
左手扶膝
端坐新郑
端坐大地的中央
汉白玉的塑像
与天一色
左右两旁的黄龙
向天而啸
与黄土同色
平原，风很大
一阵紧似一阵
树身摇晃
一阵猛似一阵
黄帝寂静不动
龙寂静不动
香火缭绕
人如潮水

献花、上香、鞠躬

下跪磕头

我让出中央朝拜的大道

坐在边缘的文化长廊

用心写诗

身体寂静不动

风一阵紧似一阵

树身摇晃

一阵猛似一阵

我寂静不动

从凤阳到南街村

从南街村到新郑

我一直在写诗

一直在朝拜

中原大地

黄帝的胸怀

麦地起伏

被五月的诗歌唤醒

我登上铜鼎台

站在最大的铜鼎前拍照

这意味着

我的诗歌必将问鼎中原
我扣问铜鼎
四壁铮铮作响
这意味着
它内心装满我的诗歌

爱成火星人

辽宁人你好

山东人你好

安徽人你好

福建人你好

老乡好

我祖籍山东

生在辽宁

行在安徽、福建

大陆人你好

台湾人你好

乡党好

中国人你好

朝鲜人你好

刚果人你好

美国人、俄罗斯人、古巴人

你们好

乡党好

我在火星上网

问候你们

把你们的 QQ 加入我的 QQ

把你们的名字和电话号码

加入我的通讯簿

把你们的微信加入我的微信

乡党

我爱

爱的火焰

使我成为火星人

感谢你们对我的瞩目

感谢你们投来的刀箭

火星人不打仗

站在火星的高度看

你们，乡党

每个人都真诚、善良、美丽

每个人都是伟大的诗人

站在火星的高度看

我们，乡党

就是人类命运共同体

火星人不写诗

除了火

一无所有

火

除了飞蛾扑火

一无所有

第四辑

我们的云水谣

我们的云水谣

三月的相聚，闽南雨
唱着云水的歌谣
漫过火山口，穿越云洞岩
流落九龙江畔
我们一直在云水之中
远离盛会与盛宴
一生爱过的人
是一支支沉寂的歌谣
唯有这一曲，我们的云水谣
一直萦绕耳畔

"你没有变，就像从前"
在心灵的注视里有青春的永恒
我们的云水谣，此谣非彼谣
凡是有云水的地方就有云水谣

淅淅沥沥的雨
细细碎碎的脚步
不紧也不慢
恰好是初爱的节奏
云水的恋情只要今生的序曲
把高潮和尾声留给来世

孔雀东南飞

"去一个既不是大城市
又离大城市很近的地方"
这是一条标准的东南航线
一只大鸟一跃而起
穿过云海的上空
转眼间从合肥到厦门

孔雀东南飞
孔雀载着孔雀，飞走
走，不需要太多理由
放弃已有，追寻未有
人生要学会放弃
要飞翔就必须放弃

"第一步跨越淮河
第二步跨越长江"
他归结一下多年的行程
"这一步走得有些太远"
"还有第三步，跨越远洋"

"还有第四步，跨越心灵"

从厦门到漳州一小时车程
首先经过跨海大桥
最后是江滨路
九龙江穿过闽南大地
漳州城沿江而立
距海十五公里

春江花月夜
木棉红盛火
勿需提及厦门
漳州已足够美丽
勿需提及大海
九龙江已足够美丽

帷幕拉开，孔雀的舞蹈
序曲已经开始
没有人看见绚丽的光环
掩藏着多少选择的痛苦
舞者，歌者，愉悦世界的人
来不及快乐与幸福

出嫁漳州

进入福建
火车一直在群山中穿行
山林茂盛，山上有洞穴
山下有深潭
福建有名山大川
必藏龙卧虎
九龙江穿过漳州城
漳州城亦是江城
或从我抵达的日子起叫江城

进驻白鹭园，九龙江畔
三号楼七楼顶层房间
最初的日子是蜜月
没有人打扰
充分放松自己
七楼，天空的平台
七楼之下是天梯
白鹭园必是我的背景
九龙江必是我的前缘与后世

出嫁漳州

我的嫁妆丰厚

第三次出嫁

我有第三个蜜月

除了感动与忙乱

我必须忧虑并决定未来

决定做一个沉默的人

做一个平静的人

决定生活第一

成就另一个神话

我潜居体内的龙潭

幽闭于灵魂的虎穴

自己对自己藏龙卧虎

自己对自己龙争虎斗

"男人像稻草，女人像小鸟"

最初的日子

我必须是一捆稻草温暖女人

我必须是一只小鸟依偎男人

风起于你舞蹈的裙摆

风，起于你舞蹈的裙摆
一圈一圈扩散成风暴
掠过舞台、灯光、观众
漫过荒芜的灵魂、寂静的山川
你是看不见的闽南风
你旋转于风暴的中心
旁边抚琴的女子和律动的琴键
都是你弹奏的幻影
狂野与优雅，汹涌与寂静
谁是这风暴与古琴的知音

执箫的男子以箫声为锋刃
一步一步逼退强势的气流
从风暴边缘向中心靠近
你已感觉到穿越的力量
感觉到他的来临
相遇的刹那间
膨胀的风开始收缩
你突然静止不动、风平浪静

寂寞的荒滩，春水流韵
青草挂满晶亮的水滴

他是你今世的浪子
一夜行途耗尽了前世的修炼
他必须在这个黎明前走近你
只为葬身于你的风口
被你卷起的浪尖刺穿
你前世的承诺，今夜
你在闽南的舞台上等他
所有的风为都为他吹拂
所有的雨为都为他落下
所有的帷幕为都为他拉开和垂落

子夜独白

妈祖行记

此时，你驾着红色的祥云
出行于艻江，大海的入口
游江的人，行船的人，出海的人
为你焚香，向你叩拜
请求你的庇护
此时，众神门庭冷落
海妖的殿堂开始倾斜
你是民间的女神，大海的女儿
没有谁比你更懂得大海
在江边，在海上，在庙宇，在心灵
你已无所不在，海水无所不在
拯救和逍遥亦无所不在

海神的封号必属于你
海王的宝座必属于你
你的法力与众神不同
道术、儒术，东学、西学
你知众神所知，知众神所不知
海辖两岸，你包容众神也为众神包容

柔指轻弹，平息一场风暴
诗语低吟，春情涌现
台湾、香港、澳门、大陆
所有的海岛必归于陆地
所有的陆地必归于海水
所有的海水必归于你的爱情

关帝出关

闭关关帝庙
出关东山岛
除海妖，灭海盗
斩奸佞小人
只凭一把青龙偃月刀
独创的武学，武艺
有光的地方就有刃
有水的地方就有刀

闭关九月九
出关三月三
拥三千女神
戏万顷碧波
青龙叠偃月
淬过忠义的火
有光的地方就有爱
有水的地方就有情

从战神到男神

从陆神到海神

你只关注天下第一

天下第二都不在你的视野

青天剑，倚天剑

这些皇封的宝器

这些武术，学术，颜值，领军

都不在你的视野

闽南关帝：善行天下

端坐东山岛的圣殿
面朝大海，望穿海峡两岸
青龙偃月红光一闪
手刃十万妖孽
青龙偃月碧波万顷
恩泽百万苍生

从陆神到海神，善行天下
善行天下可以行万世
恶行天下只能行一时

水边的阿雅

我是海西水边的阿雅
我的海西缘起九龙江
是一片纯净的水域
九龙江穿过漳州城
流进厦门湾
融入台湾海峡
"我是我自己的江水和江岸"
做一个海西人
水边的阿雅漂在水上

九龙江的水
江面平静，暗流涌动
岸边两棵大榕树
合抱之木雌雄连体
"我似睡非睡
看见一条黑黢黢的青龙
躺在我的身边"
爱人触摸爱人的手臂
叙说朦胧的惊异

船屋在水边排列

渔家漂在水上

捕鱼、养鱼

维持生计和尊严

过洁净的日子

水边的阿雅走过颤动的跳板

登上夜岸烤石斑鱼

卖给江上往来人

……

从九龙江到闽江

从江水到海水

还有多少渔家、渔火

十一庆典，中秋月圆

幽暗的渔火映照幽暗的江水

水边的阿雅站在黄昏的跳板

收起晾晒的衣物

水边的阿雅叠起生意的桌椅

熄灭烤炉和炭火

躲进深深的船屋

龙江月

闽南八月仲秋

龙江花月夜

华灯初上，渔火散落

渔家登上江岸

失落肉体的灵魂

以水为居所

生命永恒地光鲜

一遍一遍清洗曾经的龌龊

唯美的女神以水为美

走出幽闭的庙宇

染过江滨的尘埃

千年的守望必成正果

千年的庇护必有恩泽

新中山桥横贯两岸

接续隔水而望的情缘

两岸即是一岸

两地即是一地

所谓两岸三地、四地

只是学者的杜撰

或政客的分割

今夜，月出九龙江

万家博饼，存在的漂流者

独立芗城的楼台

博一颗天上的月饼

九龙江上的明月

渔火江花，月光包容存在

芗城天上人间

登上七楼的平台
这是他芗城的天上人间
一把南方的红木椅
一块红土堆砌的菜地
黄瓜藤结出带毛刺儿的小黄瓜
还有韭菜、香菜、茄子、丝瓜
这些都是女人的建造与播种
他只是一个黄昏的看客
一个把菜地当女人的欣赏者
一个酷爱土地与植物的恋人

而此时，他坐在椅子上
用肘拄着椅子的扶手
用手掌托着脸颊
凝望着九龙江的天空
一片片鱼鳞状的云彩
一根根青龙的肋骨
一缕缕清幽的思绪
缓缓地凝聚又缓缓地飘散

"守得住寂寞，你就是一个圣者"
一切繁华在此沉寂

房间里传出女人的召唤
"这是我们的天台，你是天女"
初嫁漳州，他对她这样叙说
现在他对她这样默念
起身的天空暗下来
浮现一缕火烧的云
一首诗已经炼成
一个思想已经出炉
拖曳着爱情的火焰
悬浮于六月的芗城

九龙江上的诗人

江水携带着六月的雨旋舞
江畔竹林幽深
听得见青鸟的吟唱
恭贺端午节
长着龙骨的菜农都能看见
诗人在九龙江上漂流
沐雨的诗女走进江边的菜地
购买了一袋他们的青菜

诗人坐在苇船上
一边吃着当地的荔枝
一边与心爱的女人聊天
关于海西的风情，芗城的诗意
船舷插满辟邪的艾草
提防小人和奸佞

流水不腐，作为现实诗歌的诗祖
作为工作诗学的拓荒者
作为哲学与诗学的穿越者

他必须流动、流转
从汨罗江到九龙江
这是一条再生的东南航线

"走，不需要太多理由
放弃已有，追寻未有"
他吟咏着今人的诗句
"这是一个自我改变的时代
谁改变得快谁就会提前进入未来"
他叙说着今人的诗语

"那个面板长满了绿毛
我收拾得有些恶心"
他停下来，倾听女人的苦楚
帮她洗净一个蒸锅和盖帘
他已自由得成为灵魂
一叶芦苇足以承载
他已超脱得成为诗歌
与九龙江一起涌现

闽台桐花

从台中到南靖

从南靖到漳州

从漳州到厦门

你一路述说着油桐花

你说你古代的先民

从南靖来到台中的山地

种植油桐树

收获油桐籽

榨取一点点桐油

你说油桐树是你的先民

自己过艰辛的日子

把美丽的身心留给后人

你说油桐花很小

台中市很小

地球很小很小

你用心灵穿越宇宙

宇宙很小很小

你是一朵含泪的桐花
闽台桐花
一场四月的雨或五月的雪
你无法穿越你自己

闽台茶诗

一汪海水
叙说你我千年的离别
一杯清茶
接续你我隔世的相聚
云水四溢
正是闽南的四月
嘴唇贴近茶盅的边沿
不要……不要急于吞咽
茶香与唇吻
浸透海峡两岸
茶叶雨，花瓣雪
都是你弹奏的茶诗
爱就不要停歇
我喜欢这缓缓的节奏
闽台茶诗
茶艺源于茶道
我的情丝都在弦上
海岸的心弦
情到深处
只凭你律动的指尖

青花劫

先是绵绵雪
后是绵绵雨
后又是绵绵雪
一定是海盗来过
房间的茶几、杯子被移动
影集、抽屉和我都被翻开
他乘无影船，穿隐形衣
先到客厅喝中国茶
然后进卧室赏青花
读关于加勒比海盗的诗集
他是索马里海盗
与加勒比海盗是孪生兄弟
我看见一双蓝眼睛
感觉到海呼吸
索马里蓝海
漫过我的青花和瓷体
我被异域的海水烧制
慢慢地烧制
青花的蓝

然后被塞进船舱，运走
不知去向
亚丁湾，商船与战船云集
失窃的我不知去向

子
夜
独
白

我是你踏浪而来的红帆船

穿越岁月的烟海
又一次靠近你律动的海岸
牵你的手停在梦的身边
心灵的海打湿云做的衣衫

望不尽你的金砂玉兰
听不够你的莺啼鸥啭
风花雪月，碧水清涟
你的红颜是永远流动的春天

你说喜欢我红色的帆影
可我不想告诉你帆的苦难
在生命洗礼中，美与爱的
色彩，都是海水的浸染

我只讲珊瑚、珠贝和海藻的故事
不想让风暴惊扰你和平的蓝天
可在你注视的目光里，我看见
你的眼角隐含一缕岁月的幽怨

海船无法登上平静的海滩
却又永远奔向她的呼唤
海岸无法留住匆匆行船
却又永远等候他的风帆

你不是我枕着的港湾
却是我枕上的一个梦幻
梦你是一道永远的金海岸
我是你踏浪而来的红帆船

冬至雪

是什么让我的冬至如此洁白
一场大雪唤醒对你的记忆
多少梦在你的雪中飞扬
多少爱在你的雪中封存
有冬天的冬至以雪为标志
没有冬天的冬至以雨为应景
听着南方的雨声看一场水墨雪
画卷叠起才知雨非雪

你雪中的飘舞依旧美丽
深爱的目光依旧温馨
不是冷雨无情
也不是寒雪无意
画一幅水墨雪怎能留住你
踏雪寻梅又怎能暗香依稀
给我一场冬至雪
还你一夜相思雨

白鹭园

白鹭的白鹭园是一片麦地或稻田
与我们居住的白鹭园小区大不一样
没有楼房、铁门、封闭的栏栅
没有万科房地产开发的噪音
"一个人需要一生的飞翔与纯净
才能修成一只白鹭"
看律动的田野，翅膀的光芒与暗影
却不见农夫的身影
抑或他们早已修成了白鹭
而我在白鹭园居住了许多年
至今还没修出一根羽毛

位　置

你的价值取决于什么人
把你放到什么位置
更取决于你
把什么人放到什么位置
权力不是唯一的位置
比权力更高的是心灵的位置

小 人

小人要阴你，你毫无办法
这就是小人的本事
而你的实力是练就了金刚罩铁布衫
让小人从背后算计
给小人一点成就感

提线艺人

他的眼睛能看穿一切
他的心灵能操控一切
收、放、提、拽
除了神灵，没有人看得见
木头与肉身没有分辨
筋脉与线条没有分辨
他执业千年，流浪闽台
戏台一次次沦陷
角色一批批轮回
而那些身披绸缎自以为富贵和著名的木偶
而那些身穿破布自以为非主流的木偶
依旧扭腰晃臀、摇头点头
"你们这些人，这些戏子
一生操纵过什么
除了被操纵"

半 荷

年少的浅陋都属于我
年少的美善都属于你
你是第一个改变我生命的人
注定潜入我的现在和未来
这半开的荷花，初爱的纯粹
定格在我五月的水域
勿须盛开，永不凋谢
隐隐升起这世间的纯美
从轻狂到沉静，从泥水到清波
你如影随形启示我的存在

你说与不说
我都能听见你纯粹的声音
见面与不见面
我都能看见你熟悉的身影
半荷，你的命名禅意绵绵
你的水域若隐若现

在水一方，有情而无情
在水中央，无情而有情
有些美只许美不许看
有些爱只许爱不许说

海上丝路

二月的雨飘落温馨
刚刚打湿月港的码头
错过一日的行船
你以伞为帆缓缓航行
江水流过是海水
繁华落尽更繁华
对岸的厦门湾、台湾
是漳州月港的今世

这是一次现实版的穿越
从明朝到今朝
六百年的距离美在咫尺
你似乎并不急于抵达
丝路悠悠，这些闽南的青花
喜欢被月泉灌溉、烧制
然后乘海船出走
在冒险中走失自己

月泉与月亮从月港升起

江水与海水从月港升起

灯火遍布，惊魂一刻

分不清江岸与海岸

分不清厦、漳、台

你以雨为弦弹奏闽歌

织女、窑工、海商的船队

从月港出发又止于月港

海鸟的鸣叫

一只海鸟鸣叫着
掠过城市的窗口
她想召唤谁跟她一起唱
谁在倾听、在震撼
谁在把它制作成音乐
向世界传布
这飞翔的声音
这穿着翅膀的鸣叫
流溢着海洋的乐声
谁还会充耳不闻
那里有生命的自由
歌舞的欢畅
那里有人类的居所
空间的秘密

一阵海鸟的歌唱
坠落高楼的平台
她又一次折回

又一次飞走

她想带上谁跟她一起飞

脚手架、吊车的长臂

机械的轰鸣

她已厌倦了这重复的建造

鸟啊，天空的灵魂

射向天空的箭

还有多少翅力、羽翼

还有多少爱和梦想

还有多少箭矢射向大陆

射向海洋

飞向大海

是海鸥还是海燕
这神秘的女神
你张开白色的双臂
从海滩上跃起
飞向蓝天碧海
这飞翔如此决绝
背对大陆海岸
这背影如此优美

飞吧，不要转身
大陆是大海的背景、背影
面朝大海就能自由飞翔
如果你能飞翔
我宁愿只要你的背影
人是鸟的影子
如果你能飞翔
我宁愿你是一只海鸟

回家的路

辽宁，东北一闪而过
河南安徽一闪而过
长江，江南水乡一闪而过
闽北，山岭的隧道一闪而过
闽南，厦门海沧大桥一闪而过
"在回漳州的途中"
"回家的路"
这家让我好一阵犹疑
这家也是一闪而过
在心灵中闪过
一切都在心灵中闪过
而心灵在一切中沉静
而心灵一直在回家的途中

九九重阳

九九重阳想九九

九九重阳忆重阳

把酒龙江，登山远望

何等踌躇满志

这最初的心态已不在状态

最初的豪情亦悄然流失

九九重阳问重阳

还有什么不可重阳

一水一流韵

一山一情境

面对你静默的流水

再抚秋日的琴瑟

看你一琴涟漪

听你一瑟私语

不知九九为何九

不知重阳是何阳

你九九的倾述

是山间清白的泉水

不比春水汹涌

足以滴穿一涧岩石

你重阳的冷艳

是原野洁白的霜花

不比夏花狂热

足以浸透一林红叶

我听见你秋日的琴声

高手弹琴，草木山川
随手拈来都是琴
高手弹琴，行云流水
只闻琴声不见人影

这闽南的秋总是珊珊来迟
要等夏耗尽了热爱
火焰熄灭，成为灰烬
十月即将燃成灰烬

我听见你秋日的琴声
比春温馨，比夏浪漫
悠游于生命的变化里
律动于风景的流转中

我听见你秋日的琴声
这是我们季节的恋歌
眼角的离恨，腮边的别愁
有诗琴弹落

我听见你秋日的琴声

这是我们心灵的私语

而你喜欢隐身在琴声里，行云流水

叫我遇而不遇，不遇而遇

过诗一样的生活

我说诗，不说远方
也不说诗和远方
一些人已没有远方
一些远方已不是远方

远方正从地平线上消失
正从人们的视线里消失
地平线也正在消失
人们的视线也正在消失

我在子夜的聚会里说诗
说：过诗一样的生活
朋友们举杯庆贺，欢呼着
说朋友就是远方

我在子夜的微信里说诗
说：过诗一样的生活
微友热泪盈眶，渴望着
说诗就是远方

我在子夜的孤独里说诗
说：过诗一样的生活
爱情的月亮照耀我，倾述着
说爱就是远方

我在子夜的困境里说诗
说：过诗一样的生活
自由的星座指引我，召唤着
说心灵就是远方

禅　定

你不用去追流水
流水永远追不上
你禅定于沉思的江畔
任浮华喧嚣，让繁华流转
这样，你坐在那里
眼前就有源源不断的流水
这样，你坐在那里
身心就川流不息
你不去追流水
你自己就成为流水
你不去赶时尚
你自己就成为时尚

冰雪世界

洁白，晶莹，飘逸
你的美丽冰天雪地
俄国的冰宫，加拿大的雪原
中国的水墨雪
油画中的雪景街
街上行走的模糊女郎
这些蒙太奇般的图景
到处闪耀你的身影

露天的长椅积满白雪
裸露的树木在风雪中站立
冰雪世界，心随你冻
冰雪世界，心随你痛
我冬天的行装早已失落
我冬天的旅程早已荒芜
无法再回到冰雪世界
踏雪寻梅已成为传说

有冰雪的地方就有你
有你的地方就有冰雪
三千年回到你
三万年回到你
都成为美丽的承诺
我无法再回到你
我冬天的行装已经失落
冰雪的旅途已经荒芜

你是我全世界的风景

看你去俄罗斯的寒冬
体验莫斯科的冰雪世界
看你去美国欧洲加拿大
感受西方的繁华和失落
看你去多米尼加这个岛国
沐浴加勒比海的海水和阳光

你一直在旅行
你走到哪里我的心就跟到哪里
我只会坐在家里
借你的身体心游世界
我只会坐在家里
让你代表我旅游

你的风景就是我的美丽
你的快乐就是我的幸福

你是天生的旅行家
能把风景和世界看透
我不会看风景只会看你
你是我全世界的风景

子夜独白——

关于"子夜派"的后记

　　本诗集收入作者 1980 年至今的 118 首诗歌，作品的时间跨两个世纪，编辑整理一年有余。在掩卷搁笔之际，突然觉得还缺少一个门派的命名，门派是一种诗歌的意义符号。

　　面对流动的现代性，生命和心灵要不断地创意，创意是诗歌和诗人的灵魂。由此，为了叙说、理解和称谓的方便，在生命流变和心灵创意精神的意义上，给本诗歌一个门派的命名，叫创意诗歌或"创意派"，而创意的直接本性是心灵创意，故创意派也叫"心灵派"或"心灵创意派"。

　　心灵创意的本性是生活创造，生活创造的本性是工作创造，故创意派、心灵派或心灵创意派的本质本意是工作世界创意派，简称工作创意派。由此，在工作世界或工作创造的根缘上，本创意派或心灵派不同于另类的创意派或其他诗歌流派。

　　由于创意派的心灵创意精神和生命流变精神都是《子夜独白》的根本精神，最后再给本诗歌一个终极门派的命名，叫作"子夜派"，它与上述命名在内涵上互相规定和通约，在本质根缘上皆为工作世界创意意义上的工作创意派。

　　子夜派的命名更具有原创性及意义的总体性和清晰性，并与本诗集的命名"子夜独白"融为一体。其直接显在意义具有前"序"中所表达的五种精神和五个对峙中心，即它以人民主体精神、生命流变精神、自由超越精神、情爱唯美精神、心灵创意精神五种精神与权力中心、资本中心、物质中心、道德中心、神灵中心五个中心相对峙。子夜派的主旨即消解、遮蔽这五个中心，开启、解蔽和建构这五种精神，从而激发人们过诗一样的生活，追寻诗性存在的生命价值和前景意义。

　　附带一个小说明，笔者叙写或溢美神灵的诗歌，都不是宣扬神灵中心，而是将神灵人民化，借助神灵的灵光特别是创造力推崇人民主体中心。这就像诗歌用单人称谓，并不意味着自我表现或个人中心，诗歌的称谓本质上就是用单人称谓表征、预示和标识人民主体中心。

　　子夜派不过是人民或人民性的一个意义符号，不过是诗意生活的一个意义符号，不过是现代性前景的一个意义符号，不过是新时代的一个意义符号。过诗一样的生活……这生活离人民还有多远，这生活离人民还会远吗……子夜派的诗意生活在子夜的独白里，又在子夜和子夜之外的同行同唱中。

　　过诗一样的生活……

　　做子夜派……

李晓元

2017 年 10 月 18 日于白鹭园

子夜独白